Tu es trop bavard, Léonard!

x

premières lectures

...pour les enfants qui apprennent à lire

Le texte à lire dans les bulles est conçu pour l'apprenti lecteur. Il respecte les apprentissages du programme de CP :

le niveau **JE DÉCHIFFRE** correspond aux acquis de septembre à novembre ;

le niveau **JE COMMENCE À LIRE** correspond aux acquis de novembre à mars ;

le niveau **JE LIS COMME UN GRAND** correspond aux acquis de mars à juin.

Cette histoire a été testée à deux voix par Francine Euli, enseignante, et des enfants de CP.

Cet ouvrage est un niveau JE LIS COMME UN GRAND.

MIXTE
Papier issu de
sources responsables
FSC® C022030

© 2014 Éditions NATHAN, SEJER, 25 avenue Pierre-de-Coubertin, 75013 Paris
Loi n° 49-956 du 16 juillet 1949 sur les publications destinées à la jeunesse,
modifiée par la loi n° 2011-525 du 17 mai 2011
ISBN 978-2-09-255010-6
N° éditeur : 10198261 – Dépôt légal : mai 2014
Imprimé en avril 2014 par Pollina (85400 Luçon, France) - L68168

Tu es trop bavard, Léonard !

TEXTE D'AGNÈS DE LESTRADE
ILLUSTRÉ PAR SYLVIE BESSARD

Ce matin-là, Léonard se lève,
s'habille et file à la cuisine.
Blablabli et blablabla,
Léonard est bavard.

– Ne parle pas la bouche pleine,
dit sa maman.

– Mange tes cacahouètes, dit son papa.

À l'école, et blablabli et blablabla…

– Léonard, ça suffit! Tu vas me conjuguer le verbe «bavarder» au présent.

– Oui, maîtresse. Mais je voulais vous raconter que hier…

Tu es trop bavard, Léonard. Arrête de parler!

À la récréation, et blablabli et blablaba,
Léonard est très bavard.

– Si on jouait au jeu du silence?
propose Crocodile.

Bonne idée.
J'adore le silence
et je voulais
vous raconter...

Léonard, arrête! On a mal à la tête!

Après la classe, les cinq amis jouent devant leur école. Léonard parle encore et toujours. Patati, patata...
Mais ses copains ne l'écoutent pas.

Qu'est-ce que vous avez mis dans vos oreilles?

Le petit singe est vexé. Il part bouder.

Mais pas longtemps.

Bientôt, il se remet à crier :

– Eh, les amis ! Je voulais vous dire…

les crottes de chèvre, c'est très

mauvais pour les oreilles… Et…

Léonard reste tout seul.

«Bouh! Je parle trop! se dit-il.

Et maintenant, je n'ai plus d'amis.

Moi, je veux juste qu'on m'aime

comme je suis!»

Le petit singe s'assoit sur un banc.
Une famille de fourmis passe devant
lui, mais il se tait. Léonard n'est plus
bavard. Il a le cafard.

À partir
de maintenant,
je ne dirai
plus rien.

Soudain, il aperçoit une flamme.
Une immense flamme qui sort
du toit de son école. Et la flamme
grandit, grandit…

Mais ses amis sont loin et personne
ne l'entend appeler à l'aide. Vite !
Il doit aller chercher du secours !

Et il s'élance. Il attrape une branche
et il se balance de liane en liane.
Il va très vite, Léonard. Aussi vite
avec ses pattes qu'avec sa langue !
Léonard est très pipelette…
de ses gambettes !

19

Bientôt, il aperçoit
les éléphants qui se baignent
dans la mare.

À l'aide !
Mon école
est en feu !

Mais les éléphants le regardent à peine.

Ils continuent à s'arroser en riant.

Heureusement, Léonard est bavard,
très très bavard :
– S'il vous plaît, je vous en supplie !
J'adore mon école, moi ! On adore tous
notre école !

Comment on va
apprendre à lire
et à écrire
si elle brûle ?

Et à compter ?

Amarante, une petite éléphante,
lève la tête :
– Eh, toi ! Mais je te connais, tu es
Léonard ! Un jour, tu m'avais fait rire
en me racontant une histoire.

Ne t'inquiète pas, on va t'aider !

Amarante entraîne avec elle ses parents, ses tontons, ses tatas, ses cousins. Tous remplissent leur trompe d'eau.

Et ils se mettent en chemin.

Hop! Le singe saute sur le dos
de la petite éléphante. Blablabli et
blablabla, Léonard est bavard...

Et Amarante rit!
«Tiens, c'est bizarre, pense Léonard,
je n'ai plus le cafard!»

Les éléphants arrivent devant l'école.
Enfin ! D'un coup de jet d'eau sur
le toit, le feu est éteint.
Tout le village applaudit :

Merci,
les éléphants !

Vous êtes
de vrais amis !

Crocodile, Girafe, Zèbre et Tortue
se jettent dans les bras du petit singe.
Et ils s'exclament en chœur :
– Bravo Léonard ! Tu es le meilleur
de tous les bavards !

Depuis, Léonard est toujours trrrèèèès bavard. Mais maintenant, on lui réclame tout le temps l'histoire du feu, des éléphants et de l'eau de la mare.

Et la première à l'écouter, c'est
Amarante, la petite éléphante.

Léonard! Léonard!
Encore une histoire!

BLA
bla BLA
bla BLA
bla BLA
bla
bla bla

BLA
bla bla
bla
bla
bla

31

premières lectures

Nathan © 2013, illustrations de M. Allag, Z. Zonk

À la rentrée de septembre, les enfants de CP entrent doucement en lecture. Afin de les accompagner dans cette découverte et d'encourager leur plaisir de lire, Nathan Jeunesse propose la collection **Premières lectures**.

Cette collection est idéale pour une **lecture à deux voix,** prolongeant ainsi le rituel de l'histoire du soir. Chaque ouvrage est écrit avec des **bulles**, très simples, que l'enfant peut lire car les sons et les mots sont adaptés aux compétences acquises au cours de l'année de CP, et qui lui permettent de se glisser dans la peau du personnage. Par ailleurs, un «lecteur complice» peut prendre en charge les **textes**, plus complexes, et devenir ainsi le narrateur de l'histoire.

Les récits peuvent ensuite être relus dans leur intégralité par les élèves dès le début du CE1.

Les ouvrages de la collection sont **testés** par des enseignant(e)s et proposent trois niveaux de difficulté selon les textes des bulles : **Je déchiffre**, **Je commence à lire**, **Je lis comme un grand**.

L'enfant acquiert ainsi une autonomie progressive dans la pratique de la lecture et peut connaître la satisfaction d'avoir lu une histoire en entier…

Un moment privilégié à partager en classe ou en famille !